句解

KUDOKI

津高里永子［俳句］
荒川健一［写真］

「口説き」ならぬ『句解』——序にかえて

山折哲雄

縁あって、津高里永子さんの句集『寸法直し』を手に取った。自己紹介のため著者自身が、悪びれずに、堂々と自選句を差しだしているところがはなはだ面白い。

たんぽぽの絮よわが夢なんだっけ

すっとぼけた度胸がいい。

髪洗ふ排水口を見つめつつ

両肌脱ぎの粋な色気が漂う。

新米を研ぐや余計なこと言はず

艶のある啖呵を切っている。

神の留守目的地にてまずは寝る

おのれの一本道を行く。

とにかく大胆で、邪気がない。明るい気分を愛して、気炎をあげている。可愛い仕草で跳びはね、目を惹きつける。

読みすすめていくうちに、これがハイクの「寸法直し」かと思わず納得させられてしまう。それを、今回に至っては、作者は「句解」などとシャレていっているけれども、もちろんたんなる「口説き」などではないはずだ。もうすこし刃を立てた「寸法直し」なのだから。

世間を見渡すと、この寸法直しはいろんな場ですこしずつ「縄張り」を広げているようだ。短歌の俳句化への流れ、というのもその一つ。三十一文字の十七文字化である。要するにそれは下七七の切り捨て御免の勢いといってもいい。現代短歌が字余り俳句のような美容整形をうけるようになってきた。

万葉の長歌が古今の短歌に、それが中世の連歌をへて、江戸期の発句、俳句へと、気がつけば下七七の叙情は絶滅危惧種の仲間になっている。昨今では、それがＣＭソングやロックンロールに取り巻かれて、不思議な活気を呈しはじめている。

今後、この津髙里永子さんの「寸法直し」の試みが、どんな鯉の滝のぼりをみせてくれるのか、楽しみにしているのである。

どうか、今後も夢を追いつづけ、ぜひともその秘伝のピアノを弾き貫いてほしいと願っている。

もう一つ、この『句解』には、みられる通り写真家の荒川健一氏の得も言われぬ大量の作品が登場する。

ページを繰っていくと、その見開き両面の両翼に津髙ハイクが一句ずつ載せられ、それがいつしか写真映像と微妙に響き合い、ただならぬ不協和音を奏ではじめる。おそらく大地から噴きあがる土俗のエネルギーのようなものの作用なのだろう。一口にいうと、カメラの肉眼がハイクの裸身を射抜き、その反動で不穏な抵抗にあっているのかもしれない。まことに得難い出会いであり、組み合わせだったのではないだろうか。

最後になってしまったが、このような異業種コラボの行く末も見守っていきたいと思う。

（やまおり・てつお　宗教学者）

建国日富士には煙突が似合ふ

伊勢まゐり白き儒艮（ジュゴン）に会うてから

弁当の飯凍てちまふ椅子持つて来い

真鶴の三羽ゆふぐれ二羽ひぐれ

垂れてひらかず涅槃図の孔雀の尾

ごきぶりと出くはす階段の途中

寸法直しせずやしぐるるわが裾野

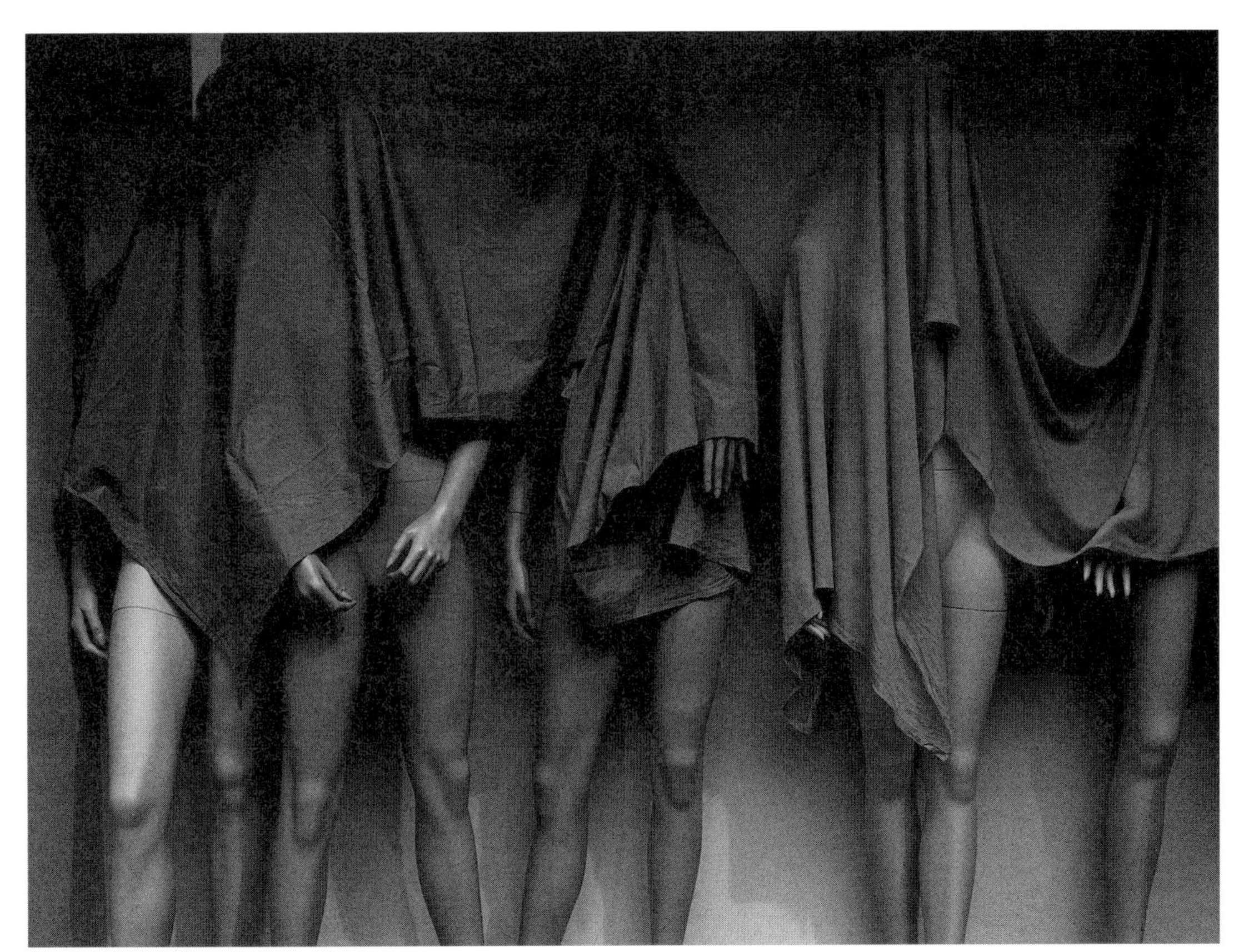

目のなかに涙あそべる冬日かな

くぢら肉つめたし一つ星昏し

朝日射す刹那が全て霧氷林

えんぶりが始まる二輌列車過ぎ

タクシーかバスか歩くか梅三分

煤日和円空仏のこゑひそか

酔つ払ひ相手の月が塔の上

苦瓜を少々いかがネオン街

樺太が見ゆる厄日のペンギンに

平日の涼しさに恋はじまりぬ

サーカスに行く春泥の草伝ひ

ではまたと言へる花散る墓地の中

涅槃図の脇に棚など机など

てんてんと手相見がゐる梅雨入（ついり）かな

うちけぶる花野の果ての丸太小屋

湯気立（ゆげたて）や鍋に離れて蓋がある

日本なら落葉フランスなら枯葉

使ひ捨て懐炉の薄さ出番待つ

明るさに汗どっと出る試着室

モロッコは遠し菠薐草（ほうれんそう）ゆがく

うはなりのわれなり障子明りなり

みづからを恃(たの)みて水母(くらげ)うらがへる

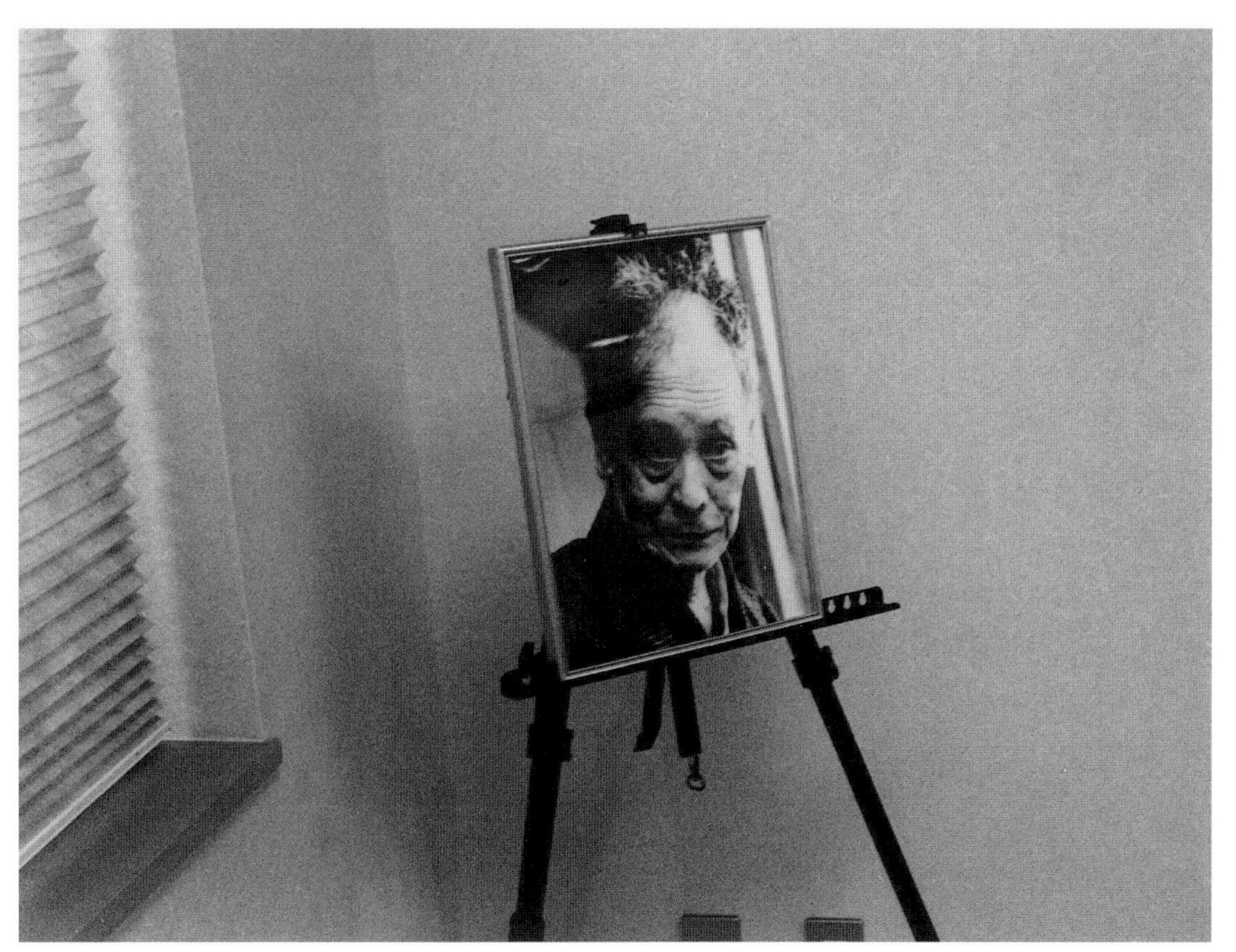

若くもなく子もなく左大文字

紅玉の林檎看取りの色に化す

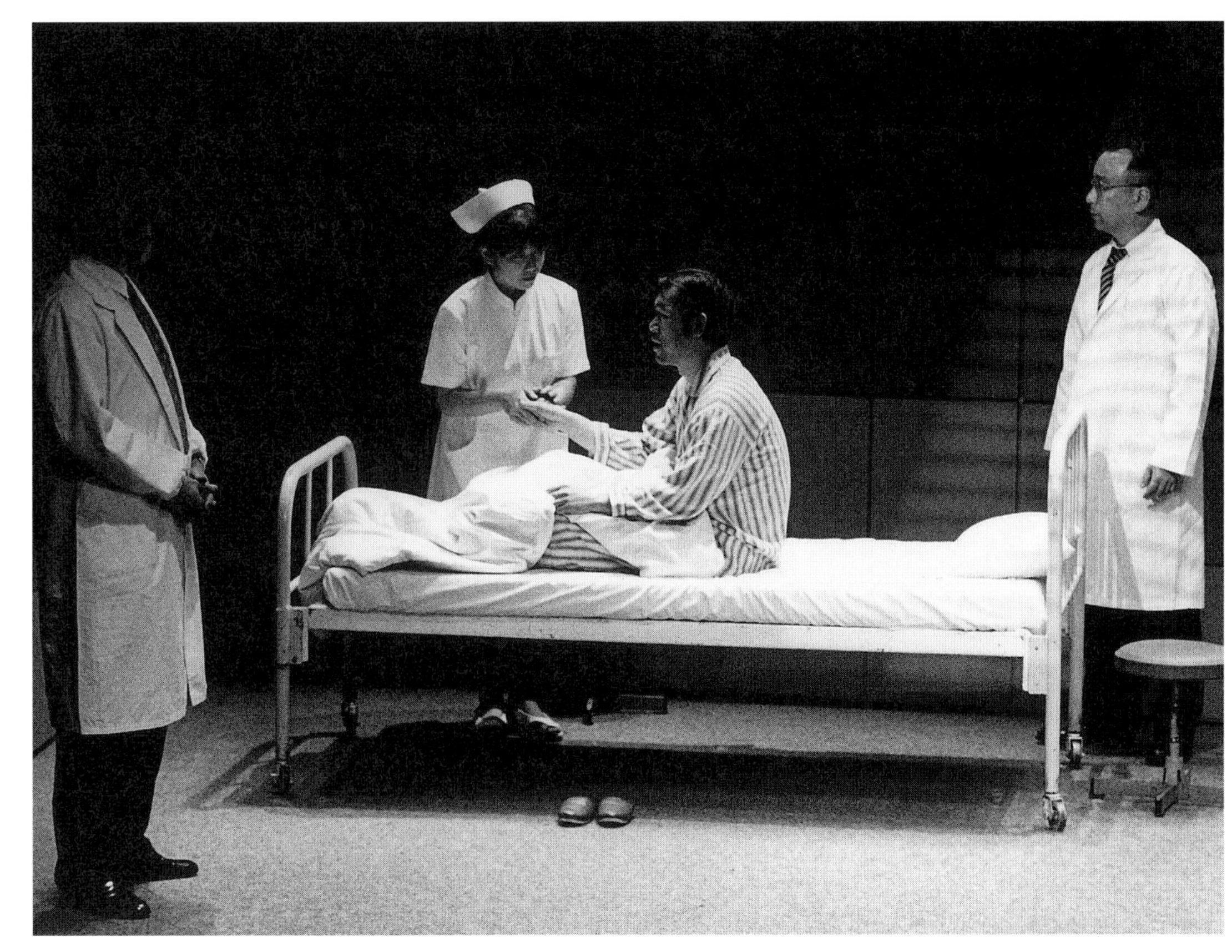

里曳きの痕逆剝けの御柱

御柱首夏(しゅか)の木落し坂ゑぐり

鶴啼けど啼けど削られゆく地球

残雪の重さ村越化石死す

輪踊の芯と見上ぐる灯なりけり

択捉（エトロフ）島よりの鷗か霧の朝

濁りたる水に日のすぢ蝌蚪(かと)の紐

戦争反対おでんにトマト入る世ぞ

前方に海ひらけたる巣箱かな

カーテンの眩しすぎたる春の夢

数へ日の酒場の椅子の脚長し

われはゆく水無月の夜の古書の森

ふくろふや光らぬ宇宙服が欲し

天上に戻らう春のゆふぐれは

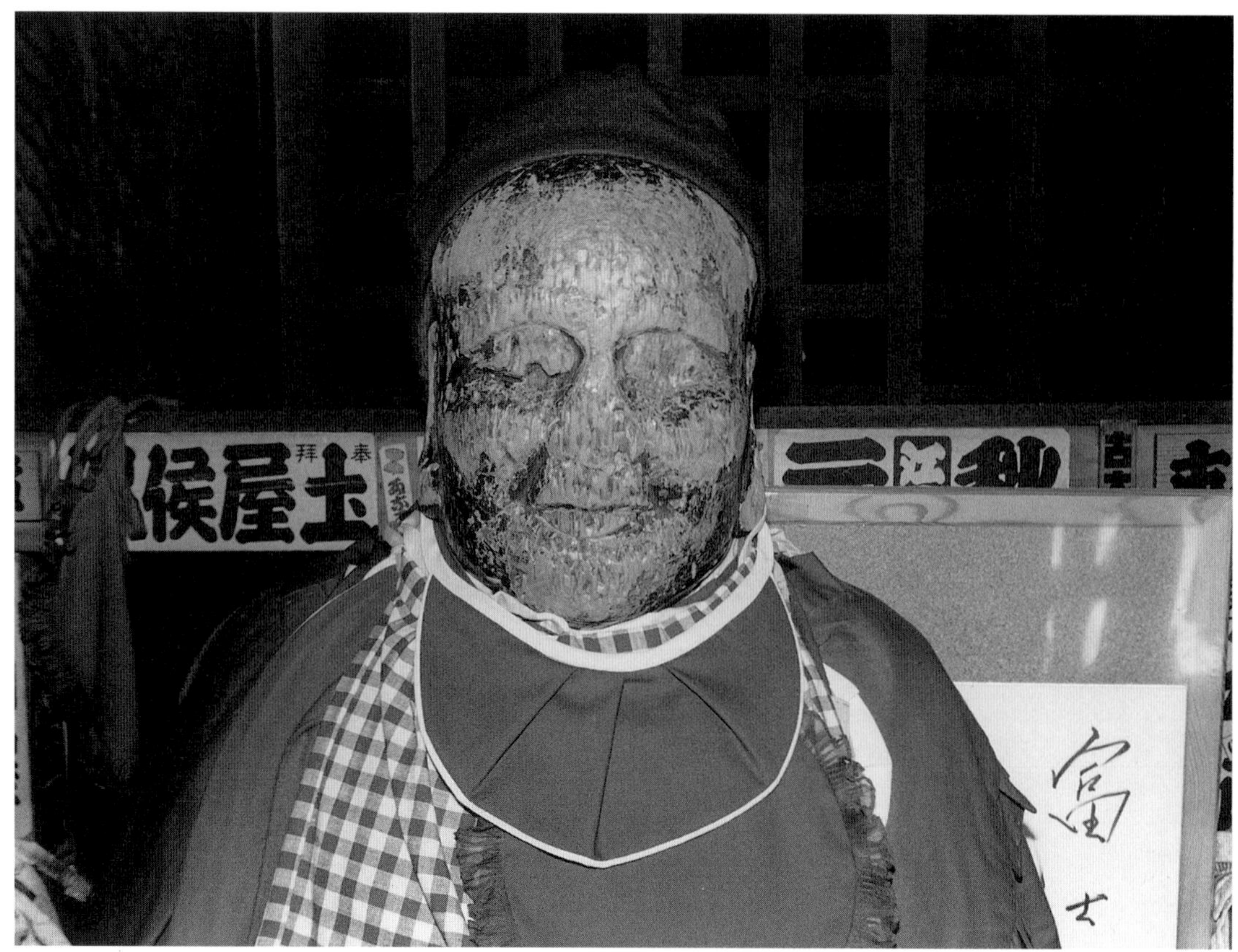

童顔の放哉（ほうさい）がゐる月夜の白湯

羅（うすもの）を脱ぎて草臥（くたびれ）儲けなり

沈まずに折れて枯蓮溺れをり

糸瓜（へちま）垂れ律（りつ）の無言を聴いてゐる

（律＝子規の妹の名）

時計のみ新しき家梅椿

霧深しもともと誰もをらぬゆゑ

忘年会帰り吊革のびちぢみ

略式の涅槃図に釈迦くつろぎぬ

まあまあの男にバレンタインチョコ

夏近し鎖骨あらはに起きて寝て

蛇口よりぬるき水出て盆休

足音をさせぬ男や梅雨の家

軽鳧（かる）の子の列をはづれること覚ゆ

体型の分からぬ服を台風裡

A案もB案もよし蝌蚪生まる

地衣類のやうにひらたく暑に対す

もてなしのこころぞ亀の子の水泡（みなわ）

おほごとになればなつたで髪洗ふ

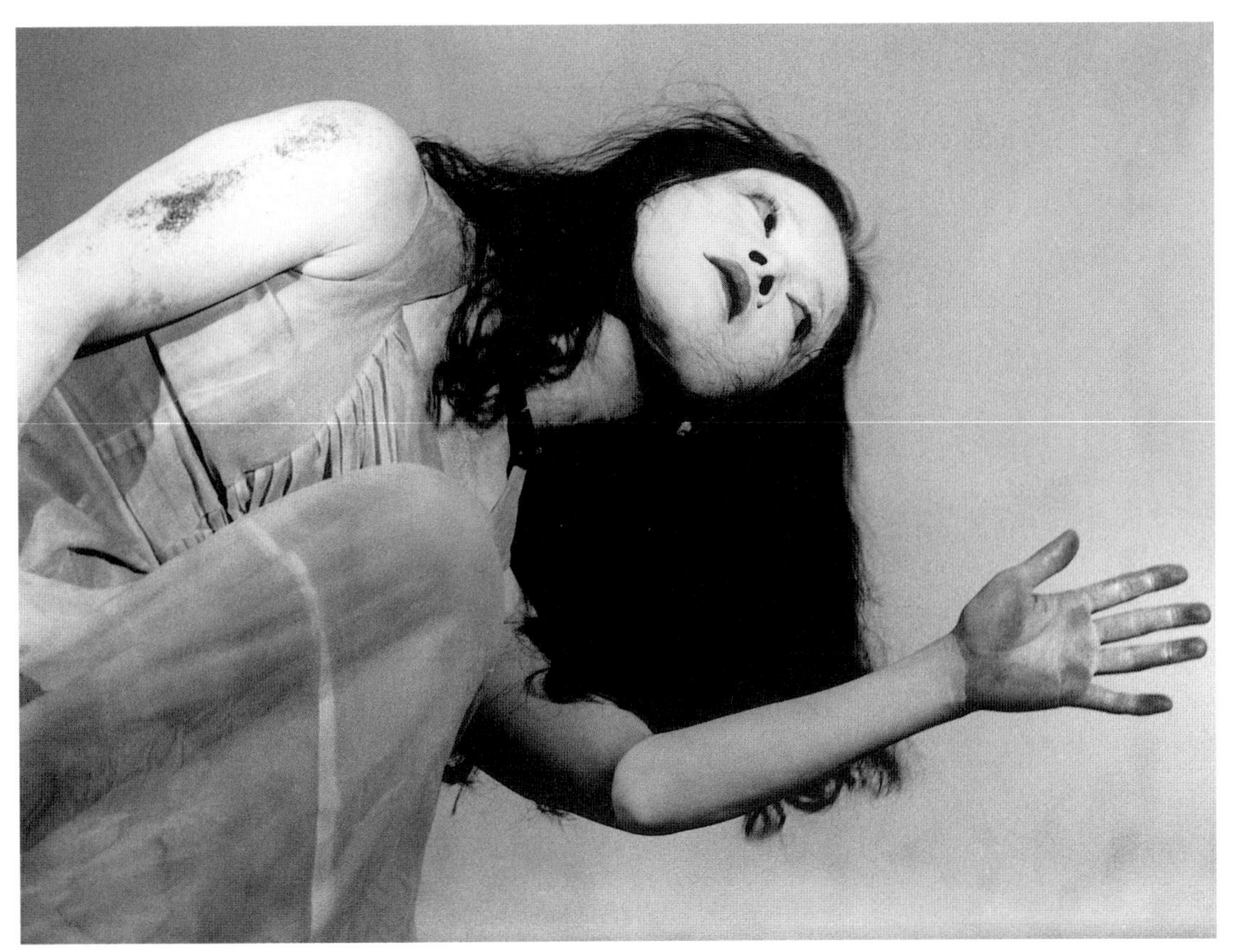

笑ふなら笑へとうもろこしに髭

札束を数ふ夜長の左利き

中途にて消ゆる金魚のあぶくかな

湧水や流砂漂砂をゑぐりつつ

十五夜のつどひ引戸の滑りよし

毛糸帽同士親しきふりをせり

水脈(みお)を引く鴛鴦(おしどり)に水整ひぬ

不公平なるが神様西瓜切る

垂直に枯るる背高泡立草

友の死を知らざりし日々冴返る

春に囁(ささや)く食器の裏も洗ってね

なだらかな胸ななだらかな花衣

掻き傷の赤さ目出度し松の内

丸餅でも焼いて留守番しとつてね

雷鳴に坐り直しぬ窓の猫

〇八五

残り鴨おのが幅なる石に佇(た)ち

ふくらんでゐる啓蟄の羽根布団

塩入り麦茶父母の喧嘩が聞こえくる

小さき子のさかなさかなと呼ぶ螢

死ぬ死ぬと言ふな新茶を送るから

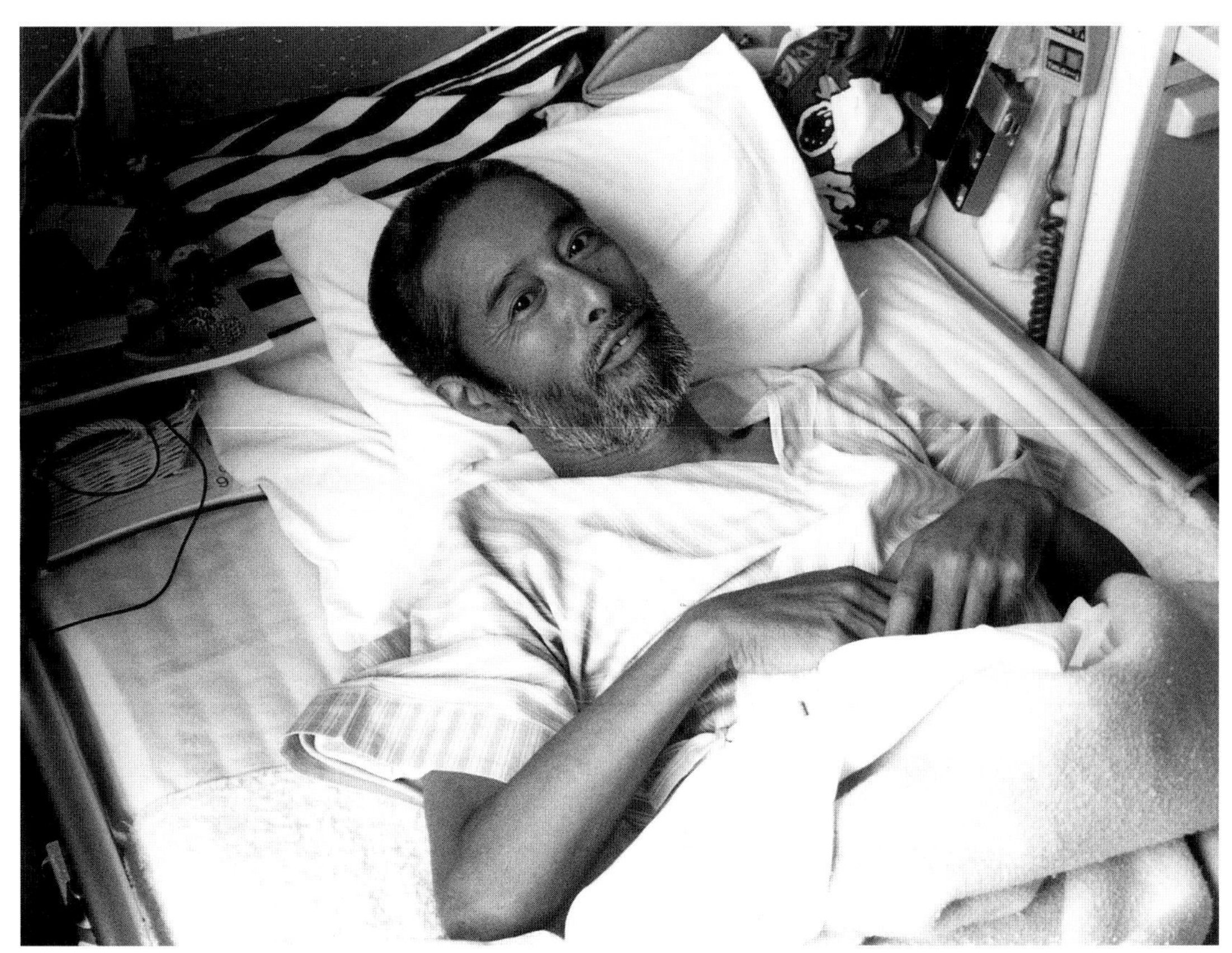

霾（よな）ぐもり消毒液は蒸発す

自ら脱ぎしか裸婦像の裸婦おぼろ

地にすれすれの紫陽花母はまだ歩ける

神域の出口に足湯山開き

ぶらんこの重たさに恋手離すか

ひろびろと戦没者らの初御空

かさつくや魚(うお)島(じま)どきを家に居て

身の反りの揃はぬ目刺焼けばなほ

ビニール傘さして夕立のちんどん屋

ケンゾーよ立待月を裁ちて逝け

旅なれや秘してハンカチ男物

空蟬とゐる外光と遮断して

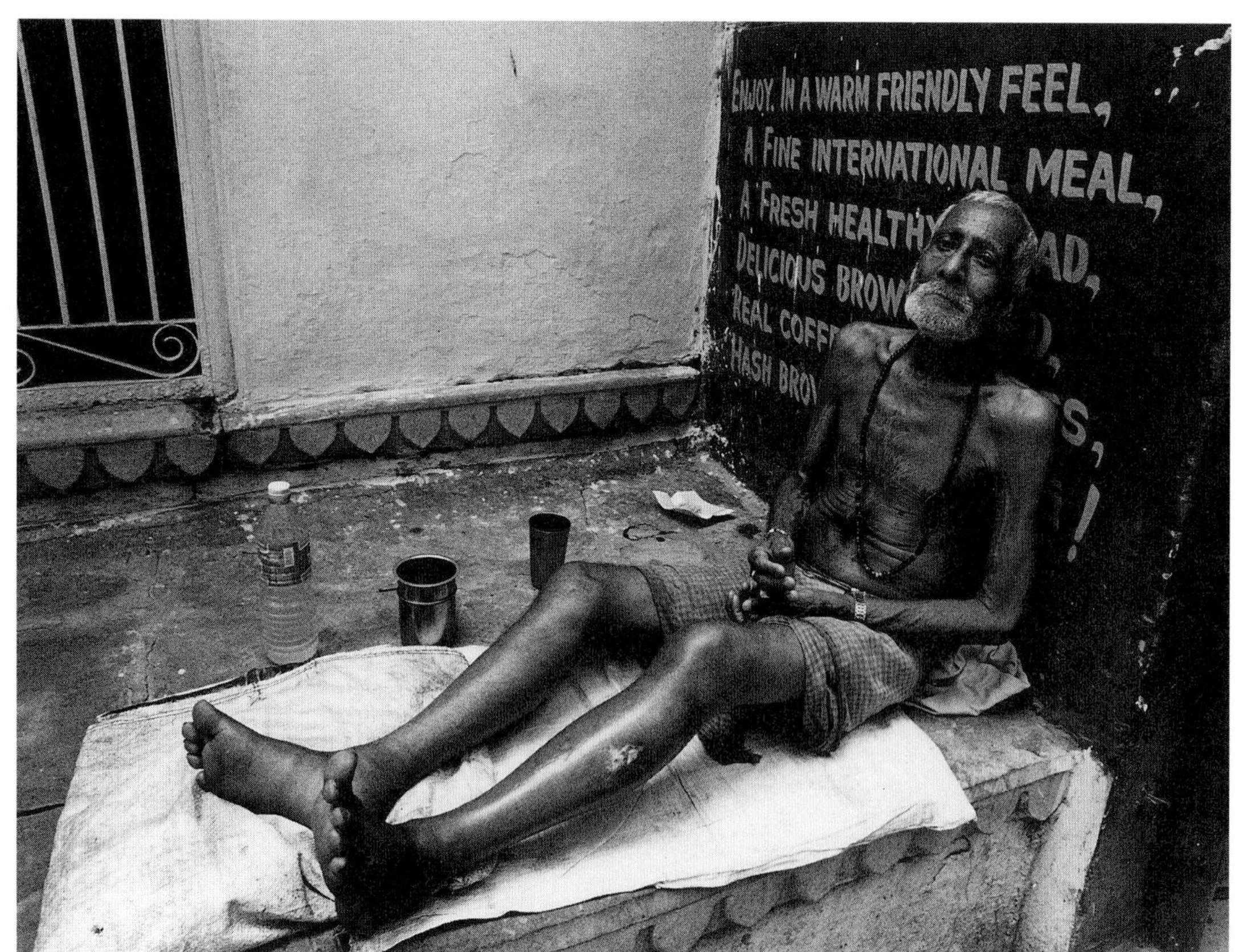

吉か凶か捨て仙人掌（サボテン）に花が咲く

月光に晒されて地のうごめける

遺書かいて呉るるか朧夜のをとこ

秋暑けふわれも土俵に塩撒きたし

空腹の山羊と留守番青田風

神の留守目的地にてまづは寝る

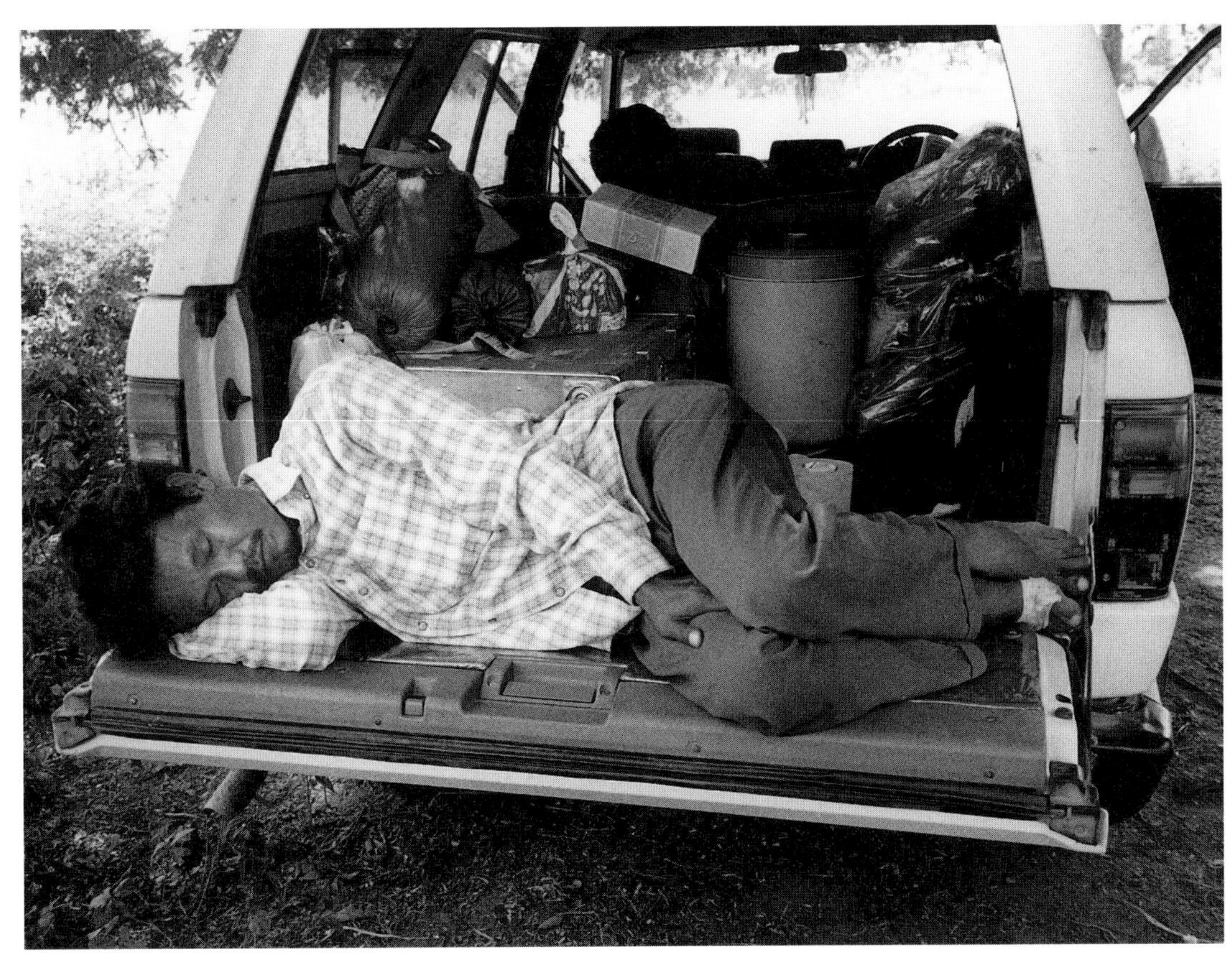

早稲の花たらんてらんと友とゆく

ぼうたんや借りて重たき母の帯

一の膳二の膳炬燵うごかして

ハンガーを吊して梅雨の台所

新米を研ぐや余計なこと言はず

存分に酔ひて鰻は白焼に

連絡先その他別姓にて涼し

香水の胸恋人を眠らする

新聞紙敷きて子猫と遊びけり

水温む意識して腹へこませば

晩涼のたしかに馬のゐし匂ひ

鈴蘭に擽（くすぐ）られたる修道女

芭蕉追ふ道中すでに花の雲

向かひ合ふ熱燗に卓広すぎる

菠薐草（ほうれんそう）えらいなよなよしてはるわ

漣（さざなみ）の砂に浸みゆく神迎へ

蒲団干す流線形の車体にも

勿体ぶる玄米餅の膨れざま

減らしたき小銭溜まりぬ日（ひい）短（みじか）

ドビュッシー聴いて水槽見て昼寝

寝袋にわが名記するや台風裡

小鳥来る逢へぬ男のてのひらに

眉太きわれに綿虫降りてくる

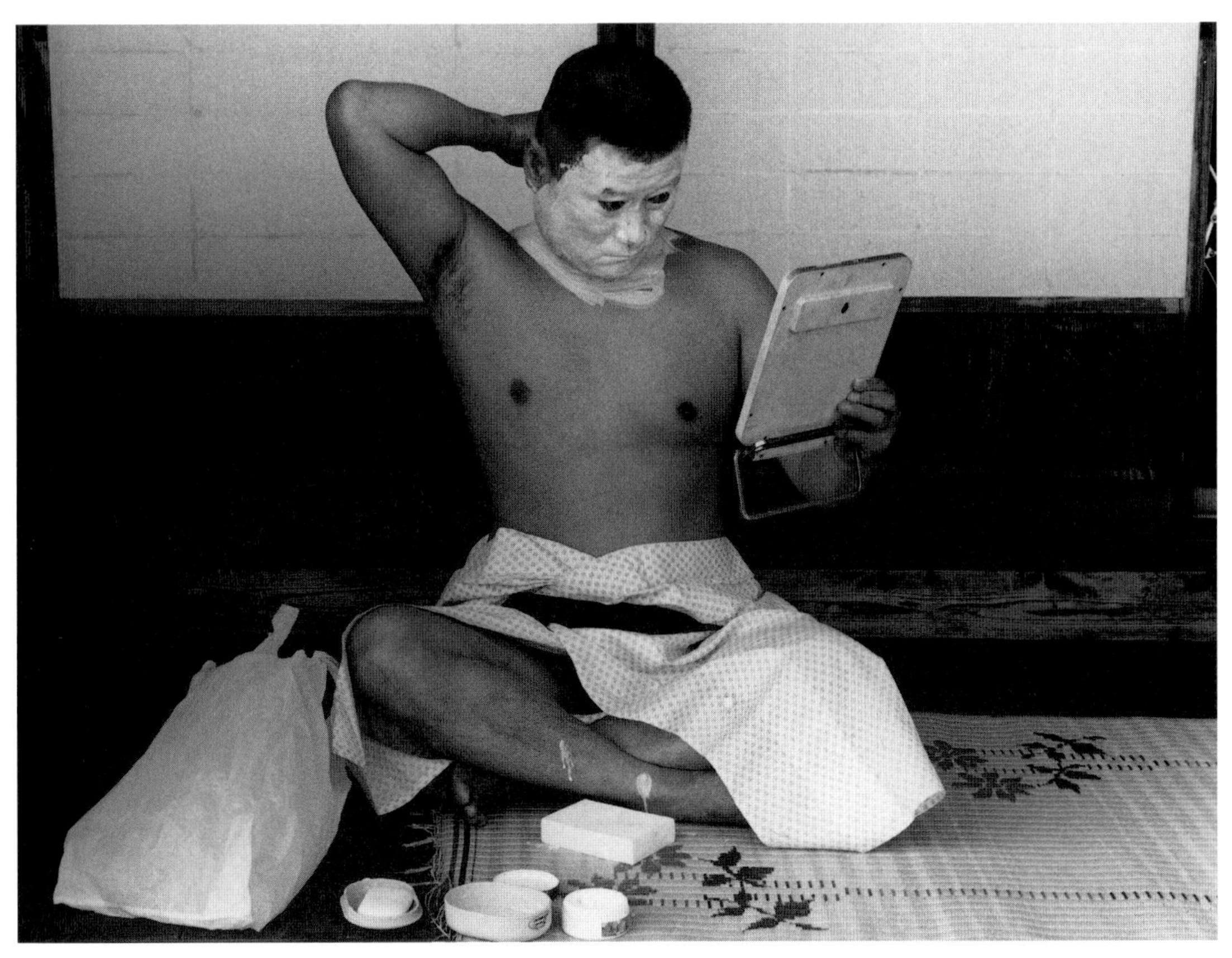

枯蓮に水音敗者復活す

白鳥を急かす歩かす餌を抛り

仲違ひせずに別るる寒さかな

半円の花火見つけて路地の奥

持ち歩く楽譜はバッハ冬の月

夕焼の岩いつまでも愛せるか

初雪の教会マリア永眠図

尖塔に鸛の巣ベラスケスの空

短日や肉の部位ならすぐ言へる

座布団と座椅子がずれて薬喰

物売の母子船にて素足にて

蠅除の笊を地べたに僧の飯

蟻塚もガジュマルの根も骨の色

哈尼(ハニ)族の棚田のうねり霧に透く

生贄の山羊の血痕淑気満つ

冬晴の藁継ぎ足されゆく火葬

一斉に椅子を引く音卒業す

ストローの端噛んで夏始まりぬ

鏡餅ばあやのやうな爺やかな

宵闇の離れの和裁教師かな

白桃をしばらく買はぬ男かな

波が来る舟が来る冬萌の岸

手袋の右手は右のポケットに

燕来る駅縦書きの時刻表

種もろとも輪切のレモン自己紹介

葉桜や盲導犬は主見ず

ときどきはうしろ歩きに青き踏む

つれづれの雨に鳴く虫鳴かぬ虫

わが名呼ぶこゑと聞きけり今年竹

いざ戦はんへくそかづらを腕に巻き

白萩になりたきポップコーンかな

ピアノ弾く前の体操芝ざくら

鍵かかりゐし青梅雨の懺悔室

白萩や目立ちたくなし目立ちたし

四方（よも）に山あり風花の美術館

砂浜の浮き輪片足入れてみる

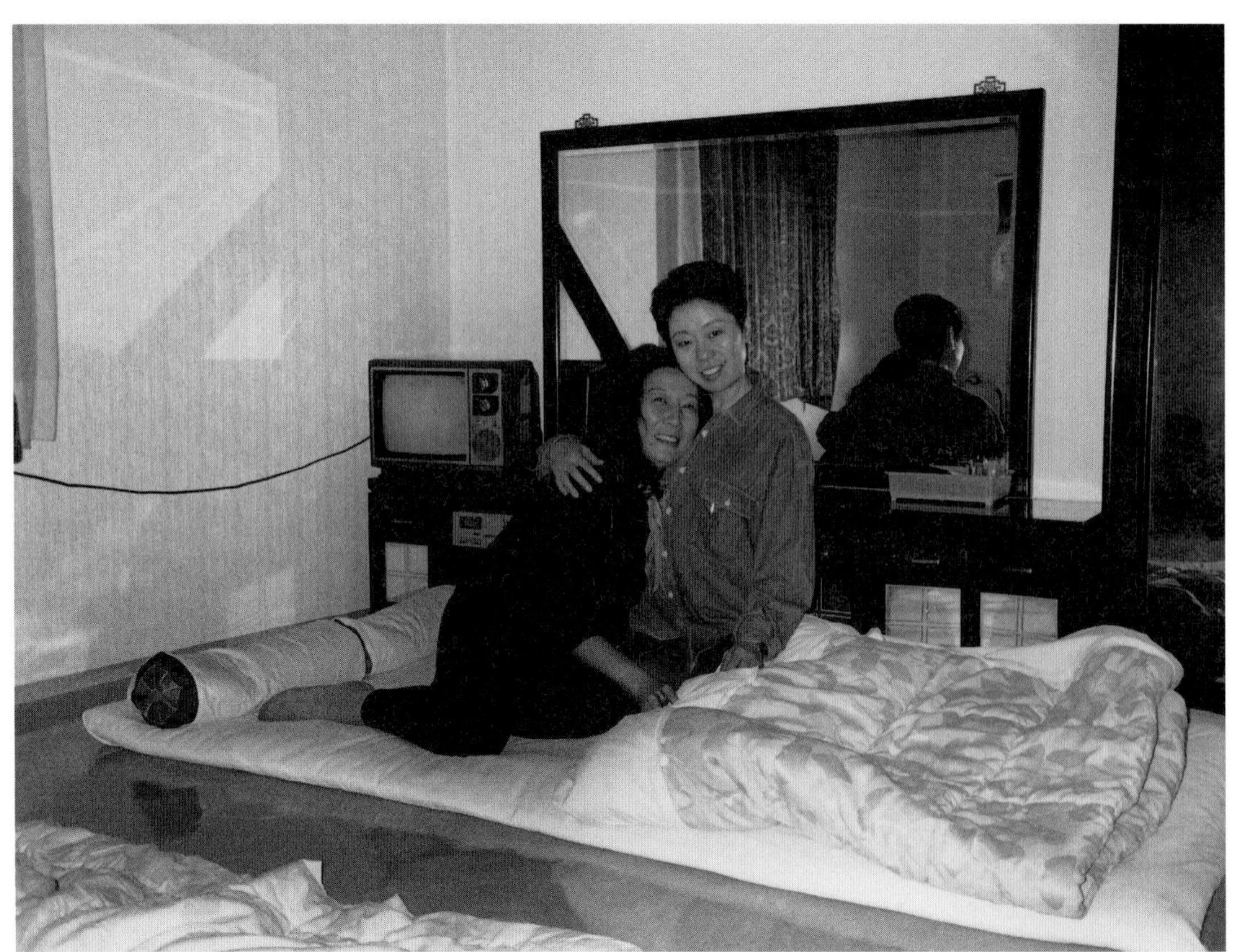

さくらんぼ食べてなりゆきまかせなる

雨音の遠ざかりたる寝釈迦かな

春昼の鸚鵡（おうむ）と同じ部屋にゐる

泥んこの雪吸殻の刺さる雪

面倒は見る豆飯の豆に皺

蜂の巣に蜂の子仕事せぬをとこ

洗ひ髪仕事いつでもやめてやる

ハレルヤの楽譜よれよれ年詰まる

適齢期通過あん餅きなこ餅

手袋を編めば運勢変はるかも

降誕祭パジャマの手足長すぎる

ジーンズに同じ色無し夏期講座

椎の香の夜は畳まれて車椅子

剥がされしうすらひに泥ついてゐる

年の差を宥（ゆる）せる花菜明りかな

六月の眩暈結婚行進曲

梅雨の店端切れ仰山吊つてある

スカートの短さに露こぼれけり

陽炎へるこの世限りの狭さもて

別嬪と聞こゆる鳥語明易し

頼りなきをとこが頼り万年青（おもと）の実

愛ひとまづ信ずパックの鏡餅

ありあまる時間つらから糸瓜棚

冬籠見なくとも空晴れてゐる

膕（ひかがみ）を伸ばせる銀杏もみぢかな

湯ざめしてわが豊かなる太腿よ

男うるさしおろしりんごの色変はる

ふらここに坐る校舎に背を向けて

寒紅をもつて聖書を汚しけり

石蕗(つわ)咲くや一団といふ強さ欲し

蛇穴を出て洗濯機外にあり

使ひ捨て懐炉いつでもはじまる恋

まどろみに指しびれたる雛（ひいな）かな

休日のさくらはたして雨もよひ

観覧車真っ赤大阪弁おぼろ

水温むをとことをんなゐるだけで

春ともしをとこに礼を言はれけり

指寝かせ弾く花冷の夜想曲

幸ひに転ずる霧の稲架襖(はさぶすま)

春惜しむ羽毛のやうな湯の花に

尾をあげて滑る軽鳧(かる)の子明日も晴

初蟬や御飯とにかく炊いておく

日焼おそろし道路拡張せし街に

胡瓜咲くのどのかわきも飢もなく

沖に帆の集まつてゐる日永かな

白日傘仲間はづれに馴れてゐる

バイエルの聞こえてきたる巣箱かな

友に友あり川沿ひの枯木立

対等に話せり雨のねこじやらし

ワイヤレスマイクのしっぽ四月馬鹿

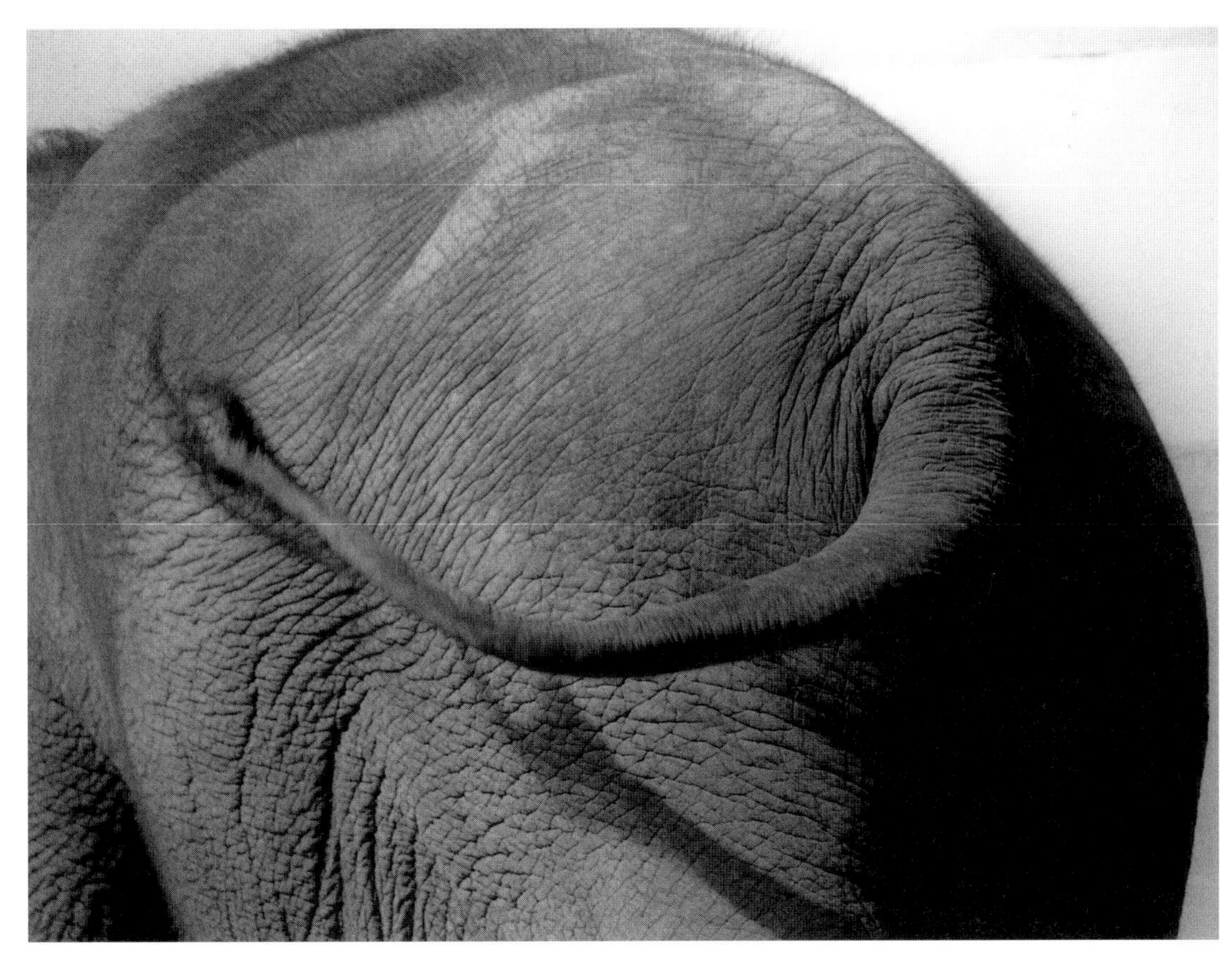

蜩（ひぐらし）のころは葉裏を通りけり

髪洗ふための早起き髪洗ふ

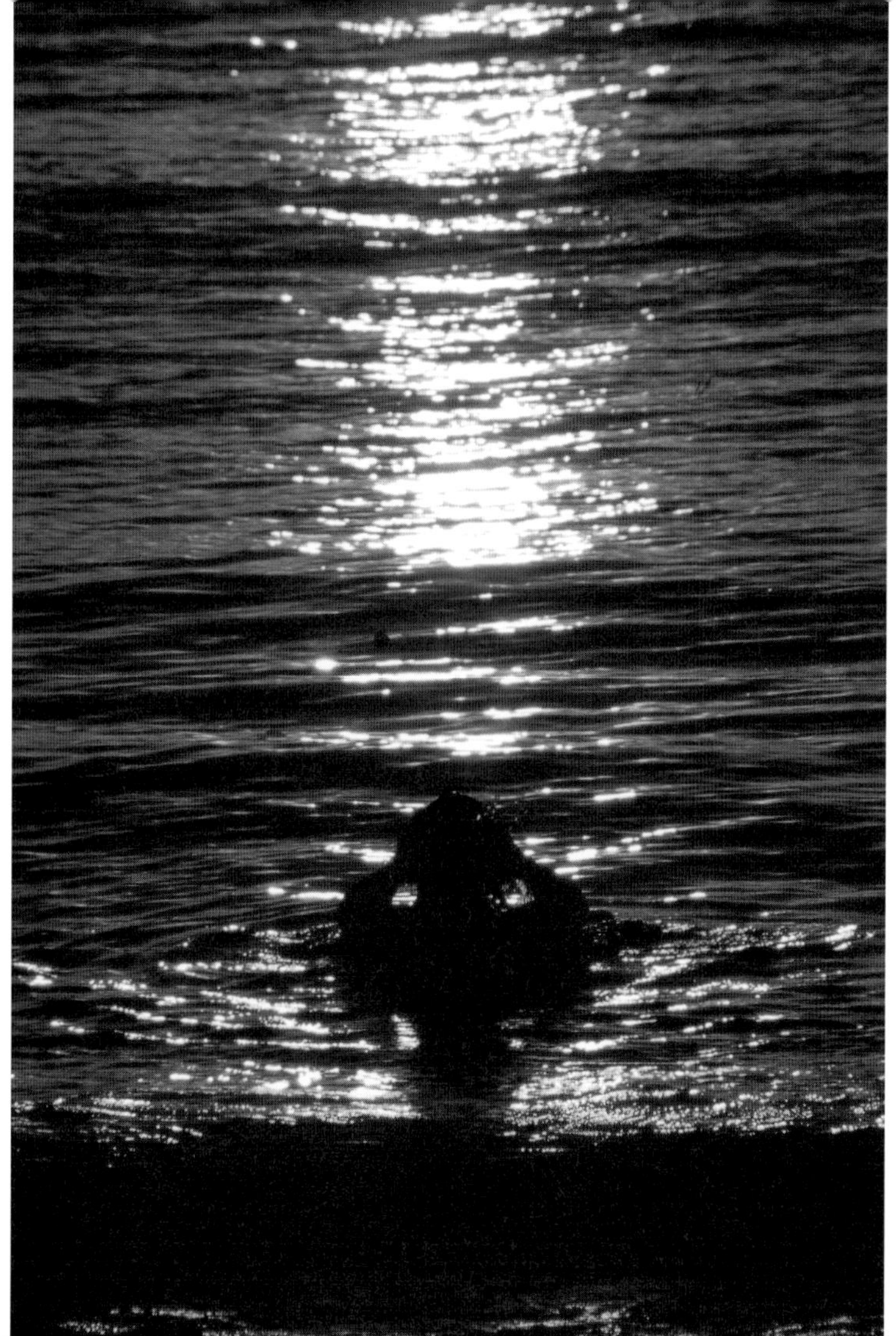

たまに逢ふやさしさに蓮揺れてゐる

帰りたき男おしろい花は黄に

先に寝る男に梨を食はせけり

縄文の壺まぢかなる昼寝覚(ひるねざめ)

跼(かが)まずに語る花野の花たちと

さはつてもふれても春の帽子かな

待たされてゐる満席の河豚の店

四人がよろしロシア料理を囲むには

瘦せるまで寝てゐるつもり春の風邪

雪積むや置いてきぼりがさみしくて

男湯に蛇ゐるわれも見にゆきぬ

五加木飯（うこぎめし）川向うより人のこゑ

譜面台立てて夜空のギター弾き

エリーゼのために鬼百合前かがみ

窮屈さう父の忌に挿すチューリップ

改めて缶の文字読む缶ビール

わたくしといふ花冷の言葉かな

かかはりのなき睡蓮の白さかな

起床時間出勤時間水中花

日の丸の大きすぎたる暑さかな

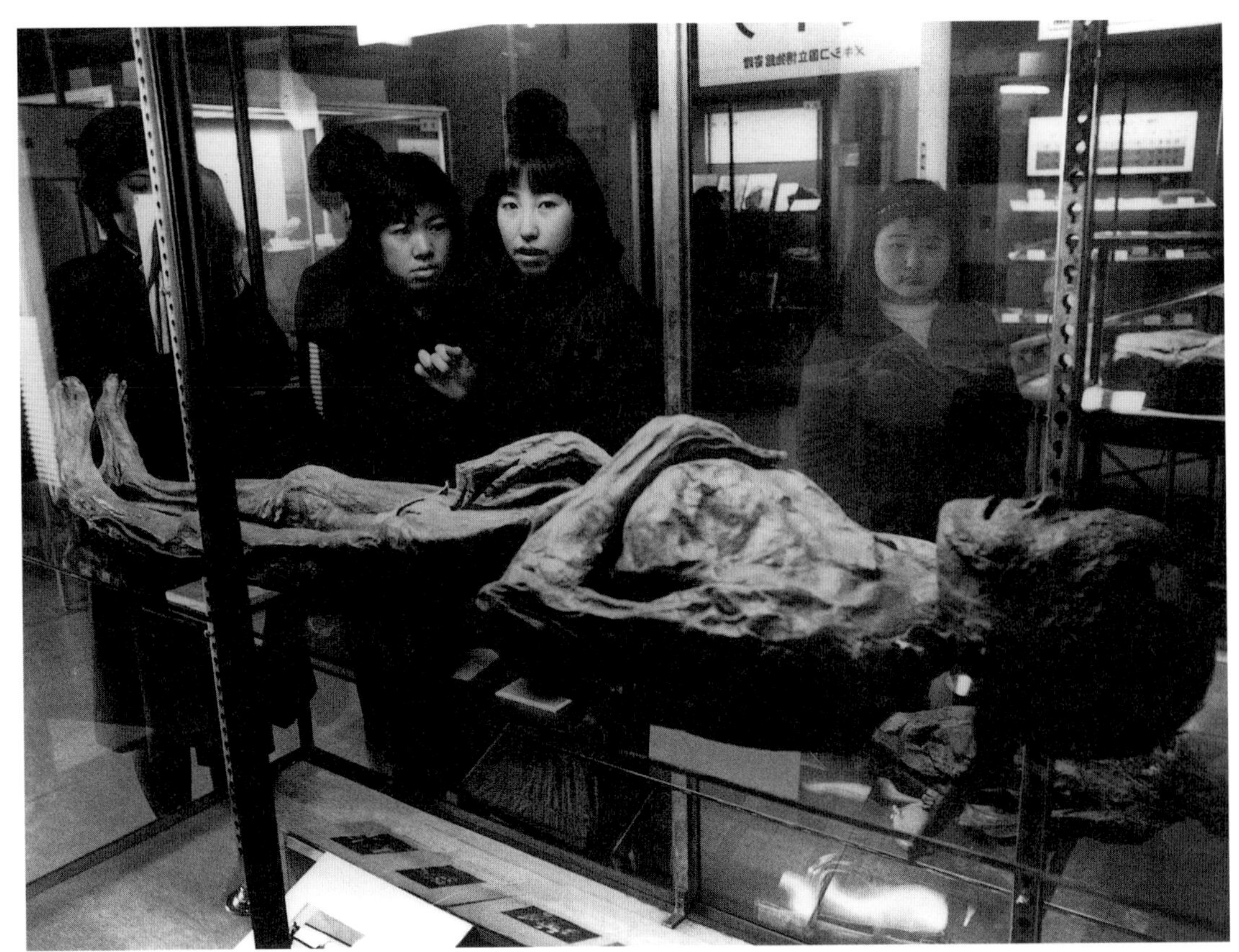

恋人の昼寝大事につきあひぬ

かたまれる雨の穂芒負けて勝つ

届かざる祈りありけり浮寝鳥

つるつるの神社の地面寒波来る

海恋うて山恋うて着ぶくれてゐる

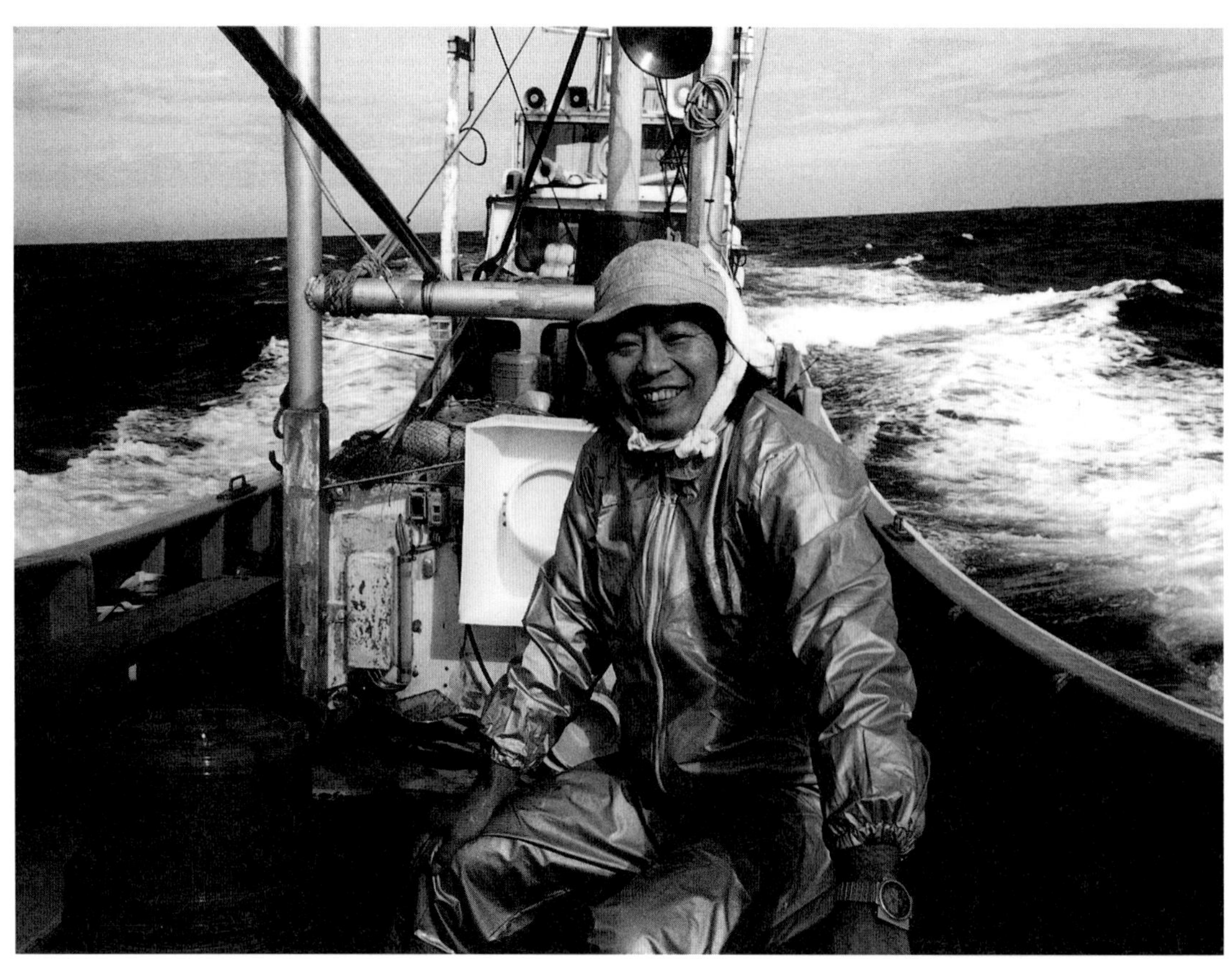

まつすぐに見られて蜜柑剝いてゐる

橋わたるときは水見て浦霞

芭蕉忌の押させてもらふ車椅子

海見ゆる道を選びぬ西行忌

くるぶしの寒さは道のせゐならず

立ちあがるときの暑さよパイプ椅子

砂場あたたか交（つる）みそこねし鳩がゐて

船室に雑魚寝神在月の航（こう）

冷房音ひびく関東ローム層

葱坊主前後みさかひなく憎し

梅にうぐひす美しければ宥さるる

大根の花あきらめずしたがはず

敬老の日の腰高きオートバイ

鉄鎖もて鉄鎖をつなぐ蜃気楼

鰯雲時間つぶしに乗りしバス

やどかりもわれも大きな国知らず

集まりに遅れて雀蛤に

すがたよりこゑ思ひ出す梅雨入かな

寄居虫(やどかり)の死真似すぐに飽きらるる

春蟬や空にみづうみあるごとく

ふたりして犬の暑さを思つてゐる

浮寝鳥光まみれになるらしき

一位の実ひとつぶ食みてさすらふか

川に吊るして降参の鯉幟

引き潮に岩ありバレンタインの日

新しき愛よ指まで日焼して

祭壇に紙と鉛筆天の川

燕の子いたしかたなく待つてゐる

黒南風が足にマイケル・ジャクソン死す

薬指以外の指も悴(かじか)める

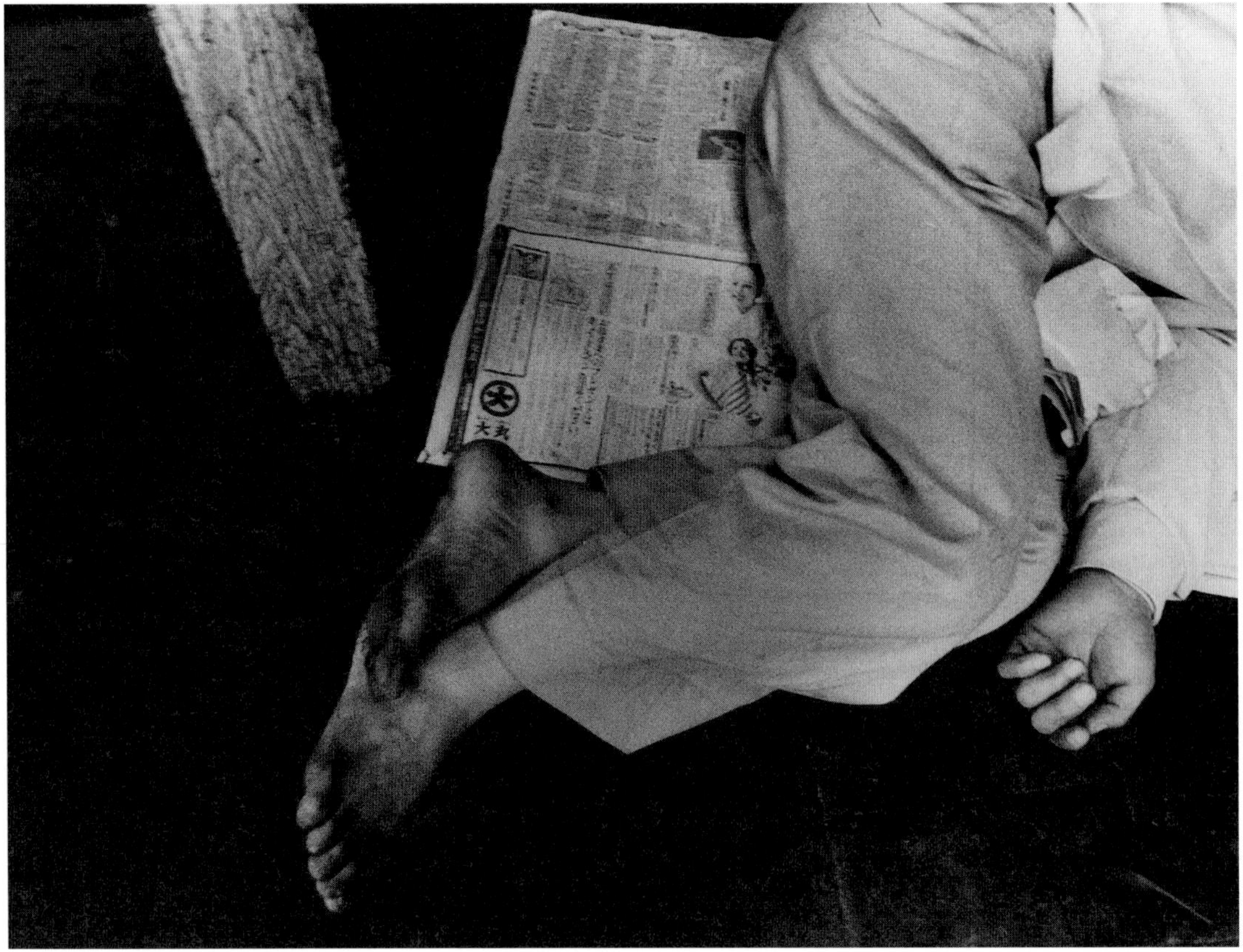

先生の言ふ通り竹皮を脱ぐ

根元から竹折れてゐる涅槃かな

活動の起点目高の目の高さ

春浅し犬のまはりに犬がゐて

抱かるるまでを良夜の紙袋

目鼻なき紙雛の仲よかりけり

松過ぎの人ゐる土間の暗さかな

青空がなくても平気ソーダ水

自立などせんでもええよ春炬燵

用なき日やはり用なし地虫鳴く

日の高きうちに別れて秋桜

あたらしき香水に道はじまりぬ

灯されて自動販売機の氷菓

掃除機を動かすまでの春うれひ

屈葬の甕の深さや黄砂降る

鰐園に鰐を見てゐる二日かな

しぼりたる檸檬再び絞りきる

消印のうすれしはがき神の旅

片手づつ載せて女雛（めびな）と男雛（おびな）かな

コンピューターウィルスかかはりなき熟柿

オーケストラピット指揮者の顔寒し

ゆくゆくはなどと北窓ふさぐ母

十字架を掲げ春潮もりあがる

絵踏して海のあをさを信じけり

十字架のまはりから雪溶けてゐる

人形の服がちぢみて十三夜

汗拭いてあげる万歳してごらん

極月の机は机椅子は椅子

ストーブの炎見てゐる別れかな

海市立つをみなみな髪長きころ

眼を見ろと言ふこゑいづこ五月闇

薄紅葉あやまるときは手をついて

涅槃会のころの引越さわぎかな

もの置かぬ部屋の暗さやほととぎす

大陸の雨となりけり蓮は実に

日傘畳みてパレオパラドキシアの骨

魚くさき花火大会指定席

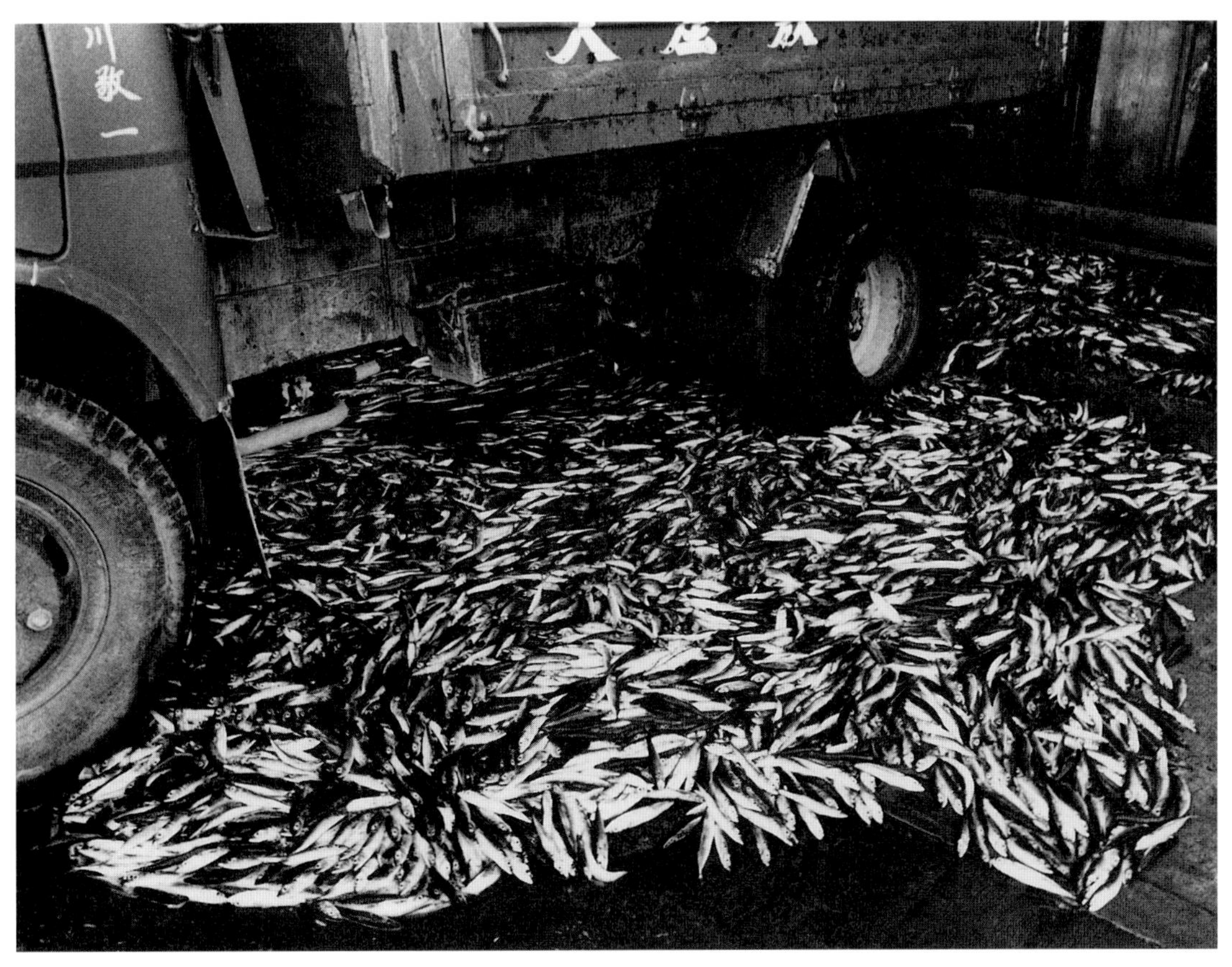

柿熱るる修道院に修道女

猫の恋枕はづして聴いてゐる

たんぽぽの絮（わた）よわが夢何だつけ

母と子に父と子に花咲いてゐる

余寒なほ味噌汁の具に深海魚

純白の碍子（がいし）のふるへ霜の声

本棚に収むる楽譜十三夜

あるはずの運に三寒四温かな

絨毯から絨毯へ旅つづくかな

あとがき

津髙里永子

この風変わりな写真句集は、第二句集『寸法直し』制作のときにお世話になった装丁家の中山銀士氏に示唆されて実現した試みです。以前、見せていただいた荒川健一(写真)&大畑等(俳句)のコラボレーション作品『句景』(二〇一一年発行)の斬新さと、私が仲間たちと始めた、手書き俳句とモノクロ作品からなる同人誌(『墨(BOKU)』二〇一一年創刊)作りの面白さに目覚めて(?)いたので、あまり深く考えず、白黒の写真でやっても面白そうね、と、中山さんにひとこと発してしまったのが事のはじまりです。じゃあ、僕らもとになるのだから、まず私が荒川さんにおハガキでお願いしてみに任せて試作してみます? と軽く誘われて、自分が産出した句がるわ、ということになり、その後、直接お目にかかってもいないいま、とんとん拍子に話が進んでいきました。ベテランの写真家の眼に私の句がどのように映るのだろうという好奇心も手伝って、十五年前に発行した第一句集『地球の日』と今年出した『寸法直し』の二冊を恐る恐る荒川氏に預けることになったのです。

およそ三ヶ月後、写真家の眼で任意に採用された一句とハガキサイズの白黒写真一枚との組み合せ約五百組(!)がプリントされて届きました。一句一句が思いもよらぬ光景と場面に結びつけられ、その取り合わせの意外さに動揺し、滲み出す滑稽味に繰り返し爆笑させられました。正直、ぎょっとする写真もありましたが、こころのどこかに残っていた懐かしい情景も多く、句の生まれた実際の場所とは違うところであってもイメージはぴったりの写真もあり、春夏秋冬ごちゃまぜの楽しい時間を過ごすうちに、この共同作業を

『句解（くどきこ）』と名づけることを思いつきました。

句会ならぬ句解。しかも、わが句ゆえに「くどく」（功徳）ならぬ「くどき」。つたない句の数々を、かくもユニークに解釈してくださった写真家・荒川健一さんに、ただただ敬服するばかりです。半世紀に及んで撮り続けられた膨大な数のネガフィルムは暗室にきちんと整理されていて、今回の作業も着々と進めることが可能だったと伺っています。

なお、大胆にも、尊敬する宗教学者の山折哲雄先生に序文を書いていただきました。句集『寸法直し』を先生に献呈しましたところ、「ユーモラスな味も快く、『寸法直し』というタイトルも盗みとりたくなるほどいいですね……」との嬉しいご返信を頂戴いたしまして、今回、勇気を出してお願いした次第です。まことにありがとうございます。

これまで、このたくさんの写真を通して、そして仲介役の中山さんを通して、荒川さんとモノクロの対話をしてきましたが、この『句解』が無事、出版できたら、初めて写真家ご本人にカラーでお会いすることが叶う約束となっています。

（俳句表現には、独特の読み方をしたり、見慣れぬ漢字も使用されますので、読み仮名を多めにつけました。ご寛恕ください。）

二匹目の泥鰌？

荒川健一

昨年（二〇二一年）、大畑等氏の俳句作品に写真を勝手に付けて出版した『句景』に続き、思いもかけず二冊目の写真句集を制作することとなったのは一枚のハガキが届いたことが始まりでした。そのハガキが届くひと月ほど前に、『句景』をプロデュースして下さった中山銀士さんから、彼が装丁を手掛けた句集『寸法直し』が送られて来ており、興味深く読んでいました。ハガキの送り主は、この句集の著者である津髙里永子さんで、私のモノクロ写真とのコラボレーションで写真句集を編んでみたいとのお申し出でした。とても嬉しいお話を頂きながら、当初は戸惑いもありました。はたして女性の感性で詠まれた句に、私の写真がうまく添えるだろうかという不安でした。しかしながら危惧しているよりまずは試してみようと思い、『句景』のときと同様にデータ作りを始めました。

先ずは、ベタ焼きをスクラップブックに整理してあるモノクロネガフィルム約三〇〇〇本の中から、これはと思うカットを選び出し、スキャナーでポジ画像にしてデータ化するという作業をすすめました。この作業を三週間ほど続けると、約四〇〇〇枚のモノクロデータが集まりました。これでようやく俳句との組み合わせが始められるわけですが、まだ戸惑いがなくなったわけではありませんでした。ともかく、句を読み込んでは、イメージの合う画像を探す作業を始めることにしました。

さて、『寸法直し』の見開きの六句ずつを睨みながら、写真探しを進めたところ、危惧していたことが嘘のように、画面をスクロールするたびにイメージを刺激する画像が現れて、自分でも思わず笑ってしまう面白い組み合わせが次々とできあがりました。時間を見つけての断続した作業ながら、一週間ほどで六〇頁のファイルブックが一冊というペースで仕上がり、後日受け取った、もう一冊の句集『地球の日』の句と合わせて、約二か月後には八冊のファイルが仕上がりました。結局五〇〇近くの俳句に写真が付いてしまった結果、当初予定した頁数を遥かに越す大部となってまとまりました。『句景』のときはここで私の仕事は一応終わりでしたが、今回はこのあと暗室作業が待っていました。

二〇〇〇年代の前半、私はフィルムからデジタルへ移行しました。それまで頻繁に籠っていた暗室から徐々に遠ざかり、二〇一〇年頃を最後に暗室作業をすることはありませんでした。十数年ぶりのプリント作業でしたが、かつてのカンを取り戻すのにはさほど時間は掛かりませんでした。しかし五十年に及ぶ撮影仕事で、その時々の表現方法によってはフィルム現像に違いがあり、プリントの調子を揃えるのが大変でした。ともあれ、酷暑続きの八月の一ヶ月間エアコンの効いた暗闇で暑さ知らずの日々を過ごしました。

三〇〇頁を越える本書には、カメラマンを目指して写真を撮り始めた一九六八年撮影の写真から、昨年撮影したデジタル画像までが含まれており、津髙さんがお声をかけて下さったお陰で、計らずも私にとって、モノクロ写真の自分史となりました。

またしても素晴らしい造本をしてくださった中山銀士さん、面倒なオペレーションを担当してくださった金子暁仁さん、発行元の現代俳句協会、発売元を引き受けてくださった彩流社代表取締役・河野和憲さん、ありがとうございました。末尾になってしまいましたが、山折哲雄先生には身に余る玉稿を賜りましたことを、こころから感謝申し上げます。

撮影地一覧

（地、寸の記号は、句集『地球の日』『寸法直し』を示します）

〇〇五 東京 狛江市 二〇一四 寸
〇〇六 岩手 釜石市 一九七五 寸
〇〇七 東京 新宿区 一九七一 寸
〇〇八 和歌山 高野山 一九八三 寸
〇〇九 東京 井の頭公園 一九七八 寸
〇一〇 東京 江東区 一九九八 寸
〇一一 東京 渋谷区 二〇一〇 寸
〇一二 長野 茅野市 二〇〇三 地
〇一三 徳島 善通寺市 一九八四 寸
〇一四 群馬 尾瀬ヶ原 一九九四 寸
〇一五 青森 深浦町 二〇〇三 寸
〇一六 長崎 壱岐島 一九七九 寸
〇一七 兵庫 加西市 一九八三 寸
〇一八 宮城 女川町 一九七五 寸
〇一九 愛媛 松山市 一九八二 寸
〇二〇 東京 上野動物園 二〇〇二 寸
〇二一 京都 龍安寺 二〇〇三 寸
〇二二 東京 狛江市 二〇一四 寸
〇二三 三重 関市 二〇〇〇 寸
〇二四 徳島 善通寺市 一九八四 寸
〇二五 東京 台東区 二〇〇〇 寸
〇二六 群馬 尾瀬ヶ原 一九九四 寸
〇二七 神奈川 津久井町 二〇〇三 寸
〇二八 東京 新宿御苑 二〇〇七 寸
〇二九 新潟 佐渡島 一九七五 寸
〇三〇 長崎 対馬 一九七九 寸
〇三一 モロッコ フェズ 二〇〇〇 寸
〇三二 東京 狛江市 二〇一九 寸
〇三三 東京 八王子市 二〇〇九 寸
〇三四 高知 足摺岬 二〇〇三 寸
〇三五 劇団遊星座公演 一九九五 寸
〇三六 長野 下諏訪町御柱祭 二〇〇四 寸
〇三七 長野 下諏訪町御柱祭 二〇〇四 寸
〇三八 兵庫 家島諸島 一九八〇 寸
〇三九 長野 白馬村 二〇〇三 寸
〇四〇 山形 大蔵村「むしびらき祭」 一九八七 寸
〇四一 東京 隅田公園 二〇〇四 寸
〇四二 東京 江東区 一九七一 寸
〇四三 千葉 成田市 一九七七 寸
〇四四 石川 珠洲市 一九七七 寸
〇四五 宮城 女川町 一九七五 寸
〇四六 千葉 木更津市 一九七七 地
〇四七 神奈川 川崎市 二〇〇九 寸
〇四九 東京 狛江市 二〇一九
〇五〇 東京 中央区 一九七八 寸
〇五一 東京 後楽園遊園地 一九七九 寸
〇五二 神奈川 平塚市 二〇〇五 寸
〇五三 米国 NY近代美術館 二〇〇〇 寸
〇五四 東京 上野不忍池 一九七三 寸
〇五五 東京 世田谷区 一九七四 寸
〇五六 東京 狛江市 二〇一九 寸
〇五七 東京 新宿御苑 一九九四 寸
〇五八 東京 小田急線車内 一九九三 寸
〇五九 タイ バンコク 一九九七 寸
〇六〇 東京 下元史朗氏 一九九三 寸
〇六一 スペイン バルセロナ 二〇〇〇 寸
〇六二 神奈川 川崎市 二〇〇九 寸
〇六三 和歌山 高野山 二〇一五 寸
〇六四 東京 狛江市 二〇一八 寸
〇六五 兵庫 家島諸島 一九八〇 寸
〇六六 ミャンマー タンボー村 一九九七 寸
〇六七 兵庫 家島諸島 一九八〇 寸
〇六八 島根 隠岐諸島 一九七八 寸
〇六九 岩切九美子舞踏公演 一九七五 寸
〇七〇 山形 酒田市 一九八〇 寸
〇七一 東京 千代田区 二〇〇七 寸
〇七二 東京 新宿区 一九七二 寸
〇七三 鹿児島 沖永良部島 一九八五 寸
〇七四 宮崎 日之影町 二〇一四 寸
〇七五 モロッコ フェズ 二〇〇〇 寸
〇七六 埼玉 吉見町 二〇〇五 寸
〇七七 島根 隠岐諸島 一九七九 寸
〇七八 東京 世田谷区 一九七四 寸
〇七九 東京 江東区 一九七七 寸
〇八〇 愛媛 今治市 二〇〇六 寸
〇八一 東京 新宿区 一九七二 寸

〇八二 東京 新宿区 一九七二 寸
〇八三 東京 新宿区 一九七一 寸
〇八四 東京 台東区 二〇〇四 寸
〇八五 東京 台東区 二〇〇八 寸
〇八六 島根 隠岐諸島 一九七九 寸
〇八七 兵庫 家島諸島 一九八〇 寸
〇八八 宮城 気仙沼市 一九七五 寸
〇八九 群馬 沢田タカシ氏 一九九四 寸
〇九〇 韓国 ソウル 一九九六 寸
〇九一 東京 渋谷区 一九八〇 寸
〇九二 神奈川 江ノ島 二〇〇五 寸
〇九三 東京 高尾山 一九七七 寸
〇九四 東京 狛江市 二〇二〇 寸
〇九五 東京 江戸川区 一九七一 寸
〇九六 岩手 大船渡市 一九七五 寸
〇九七 新潟 佐渡島 一九七五 寸
〇九八 東京 台東区 二〇〇八 寸
〇九九 東京 新宿区 一九七四 寸
一〇〇 愛媛 松山市 一九八二 寸
一〇一 山梨 中央本線車内 一九七二 寸
一〇二 インド ヴァラナシ 二〇〇九 寸
一〇三 モロッコ ショーエン 二〇〇〇 寸
一〇四 勝田演劇事務所公演 二〇〇四 寸
一〇五 島根 隠岐諸島 一九七九 寸
一〇六 鹿児島 与論島 一九八五 寸
一〇七 ミャンマー タンボー村 一九九七 寸
一〇八 インド ダラムサラ 二〇〇一 寸
一〇九 東京 明治神宮 一九七八 寸
一一〇 栃木 日光市 一九九四 寸
一一一 新潟 佐渡島 一九七五 寸
一一二 神奈川 横浜市 二〇〇〇 寸
一一三 神奈川 川崎市 二〇〇九 寸
一一四 東京 新宿区 二〇〇七 寸
一一五 東京 目黒区 一九九四 寸
一一六 東京 台東区 二〇〇九 寸
一一七 神奈川 江ノ島水族館 二〇〇五 寸
一一八 長崎 対馬 一九七九 寸
一一九 静岡 下田市 一九九三 寸
一二〇 青森 恐山 一九八三 寸
一二一 秋田 大曲市 二〇〇三 寸
一二三 東京 狛江市 二〇二〇 寸

一二四 大阪 天王寺 二〇〇五 寸
一二五 東京 山本あまよかしむ個展 二〇〇八 寸
一二六 鹿児島 徳之島 一九八五 寸
一二七 東京 世田谷区 一九七二 寸
一二八 愛媛 松山市 一九八二 寸
一二九 愛媛 松山市 一九八二 寸
一三〇 神奈川 江ノ島水族館 一九九七 寸
一三一 北海道 札幌市 一九七一 寸
一三二 東京 上野不忍池 二〇一五 地
一三三 岩手 劇団「風の街」陸前高田公演 一九九八 寸
一三四 東京 上野不忍池 二〇〇三 寸
一三五 東京 上野不忍池 二〇〇六 寸
一三六 東京 宮川菊佳ジョイント公演 一九九九 寸
一三七 東京 狛江市 二〇一九 寸
一三八 東京 ラムザ阿佐ヶ谷公演 二〇〇四 寸
一三九 東京 萩原葉子祭り 二〇〇九 地
一四〇 東京 千代田区 一九七〇 寸
一四一 大阪 天王寺動物園 二〇〇一 寸
一四二 スペイン イビサ島 一九九八 寸
一四三 ベトナム ハノイ 一九九九 寸
一四四 インドネシア カリマンタン島 二〇〇五 寸
一四五 ミャンマー マンダレー 一九九七 寸
一四六 鹿児島 トカラ列島平島 二〇〇九 寸
一四七 インドネシア バリ島 二〇〇一 寸
一四八 ネパール カトマンドゥ 一九八六 寸
一四九 インド ヴァラナシ 二〇〇九 寸
一五〇 三重 亀山市 二〇〇〇 地
一五一 石川 折戸町 一九七七 地
一五二 青森 恐山 一九八三 地
一五三 東京 高井富子舞踏公演 一九八九 地
一五四 東京 新宿区 一九七一 寸
一五五 神奈川 横浜市 一九七一 地
一五六 福島 磐越西線車中 一九八四 地
一五七 青森 五所川原市 一九九五 地
一五八 東京 千代田区 一九七一 地
一五九 東京 狛江市 二〇一六 地
一六〇 静岡 島田市 一九九九 地
一六一 鹿児島 与論島 一九八五 地
一六二 徳島 徳島市 一九八四 地
一六三 青森 青森市 一九八三 地
一六四 東京 渋谷区 二〇二〇 地

一六五 東京 多摩動物園 一九九七 地
一六六 東京 渋谷区 一九六九 地
一六七 山形 大蔵村「むしびらき祭」 一九八七 地
一六八 栃木 足尾町 一九九七 地
一六九 鹿児島 加計呂麻島 一九八五 地
一七〇 韓国 ソウル 一九九六 地
一七一 ミャンマー イエナンジャン 一九九七 地
一七二 東京 新宿区 一九七七 地
一七三 東京 狛江市 一九九四 地
一七四 愛媛 松山市 一九八二 寸
一七五 大阪 天王寺 二〇〇五 地
一七六 スペイン ジブラルタル海峡 二〇〇〇 地
一七七 東京 郷間和緒氏 二〇〇二 寸
一七八 東京 新宿区 二〇〇五 地
一七九 東京 新宿区 一九七二 地
一八〇 東京 上野不忍池 二〇一三 地
一八一 北海道 札幌市 一九七一 地
一八二 山形 大蔵村「むしびらき祭」 一九八七 地
一八三 北海道 札幌市 一九七一 地
一八四 東京 台東区 二〇〇八 地
一八五 青森 恐山 一九八三 地
一八六 東京 荒川区 二〇〇三 地
一八七 東京 新宿区 二〇二一 地
一八八 宮城 気仙沼市 一九七五 地
一八九 兵庫 家島諸島 一九八〇 地
一九〇 東京 新宿区 一九七二 地
一九一 和歌山 白浜町 二〇〇四 地
一九二 東京 神代植物園 一九九七 地
一九三 東京 新宿御苑 一九七一 地
一九四 東京 狛江市 一九八五 地
一九五 東京 新宿区 一九七二 地
一九六 東京 大畑等句集出版記念会 二〇〇九 地
一九七 東京 上野公園 二〇〇九 地
一九八 大阪 天王寺 二〇〇五 地
一九九 熊本 人吉市 一九九三 寸
二〇〇 青森 むつ市 二〇〇五 地
二〇一 長崎 壱岐島 一九七九 地
二〇二 東京 墨田区 二〇〇九 地
二〇三 東京 新宿御苑 二〇〇八 地
二〇四 京都 東山動物園 二〇〇一 地
二〇五 長野 塩尻市 一九七四 地

二〇六 東京 末森英機詩集出版記念会 二〇〇六 地
二〇七 神奈川 高田渡コンサート 二〇〇四 地
二〇八 三重 熊野市 二〇〇四 地
二〇九 秋田 玉川温泉 二〇〇三 地
二一〇 兵庫 家島諸島 一九八〇 地
二一一 兵庫 家島諸島 一九八〇 地
二一二 鹿児島 与論島 一九八五 地
二一三 東京 稲城市 一九六九 地
二一四 インドネシア バリ島 二〇〇一 地
二一五 インドネシア カリマンタン島 二〇〇五 地
二一六 東京 世田谷区 一九八四 地
二一七 東京 狛江市 二〇〇四 地
二一八 山形 大蔵村「むしびらき祭」 一九八七 地
二一九 東京 上野動物園 二〇〇二 地
二二〇 埼玉 狭山市 一九七六 寸
二二一 インドネシア トラワンガ島 二〇〇一 地
二二二 千葉 木更津市 一九七七 地
二二三 京都 京都市 二〇〇三 地
二二四 東京 狛江市 二〇二〇 寸
二二五 東京 世田谷区 一九七七 地
二二六 鹿児島 沖永良部島 一九八五 地
二二七 宮崎 日向市 二〇〇九 地
二二八 静岡 袋井市 二〇〇〇 地
二二九 東京 青梅市 二〇〇六 地
二三〇 東京 上野動物園 二〇〇九 地
二三一 新潟 佐渡島 一九七五 地
二三二 東京 狛江市 二〇一七 地
二三三 和歌山 古座町 二〇〇四 地
二三四 東京 RBBコンサート 二〇一九 地
二三五 東京 上野公園 二〇〇八 地
二三六 秋田 能代市 一九九五 地
二三七 東京 渋谷区 二〇一二 地
二三八 東京 狛江市 二〇一七 地
二三九 東京 明治神宮 二〇一三 地
二四〇 長崎 松浦市 二〇〇四 地
二四一 兵庫 龍野市 二〇〇四 地
二四二 東京 国立科学博物館 一九七三 地
二四三 東京 秩父宮ラグビー場 一九六八 地
二四四 京都 比叡山 一九八六 地
二四五 東京 足立区 二〇〇四 寸
二四六 茨城 鹿島灘 一九九六 地

二四七 宮城 気仙沼市 二〇〇二 地
二四八 高知 西土佐村 二〇〇三 地
二四九 東京 世田谷区 一九九七 地
二五〇 新潟 佐渡島 一九七五 地
二五一 栃木 足尾町 一九九七 地
二五二 栃木 日光市 一九七一 地
二五三 東京 杉並区 二〇〇四 地
二五四 新潟 佐渡汽船内 一九七五 地
二五五 東京 北区 二〇一〇 地
二五六 タイ バンコク 一九九七 地
二五七 ミャンマー タンボー村 一九九七
二五八 東京 文京区 一九七七 地
二五九 岡山 牛窓町 一九九五 地
二六〇 千葉 成田市 一九七一 地
二六一 東京 江戸川区 一九七一 地
二六三 東京 狛江市 二〇一九 句なし
二六四 東京 千代田区 一九九五 地
二六五 和歌山 新宮市 二〇〇四 地
二六六 和歌山 高野山 一九八三 地
二六七 東京 稲沢満春舞踏公演 一九七四 地
二六八 スペイン ジブラルタル 二〇〇〇 地
二六九 東京 国立科学博物館 二〇一〇 地
二七〇 東京 千代田区 一九七五 地
二七一 北海道 留萌市 一九七一 地
二七二 福岡 北九州市 一九九五 地
二七三 広島 宮島 一九九三 地
二七四 東京 江東区 二〇〇四 地
二七五 鹿児島 奄美大島 一九八五 地
二七六 東京 浅草寺 二〇一三 地
二七七 東京 台東区 二〇一三 寸
二七八 東京 新宿区 一九七一 地
二七九 宮城 女川町 一九七五 地
二八〇 神奈川 川崎市 二〇一二 地
二八一 米国 NYセントラルパーク 二〇〇〇 地
二八二 東京 狛江市 二〇一九 地
二八三 東京 狛江市 二〇一八 地
二八四 東京 武蔵野市 二〇一二 地
二八五 東京 狛江市 二〇一二 地
二八六 東京 狛江市 二〇一六 地
二八七 神奈川 川崎市 二〇一七 寸
二八八 東京 台東区 二〇〇九 地
二八九 鹿児島 トカラ列島平島 二〇〇九 地
二九〇 埼玉 春日部市 二〇一五 地
二九一 東京 新宿区 一九七七 地
二九二 神奈川 日本民家園 二〇〇九 寸
二九三 鹿児島 徳之島 一九八五 地
二九四 東京 上野公園 一九九三 地
二九五 東京 世田谷区 一九七九 地
二九六 東京 江東区 二〇〇四 地
二九七 広島 宮島 一九九五 地
二九八 石川 輪島市 一九七七 地
二九九 山形 大蔵村「むしびらき祭」 一九八七 地
三〇〇 神奈川 津久井町 二〇〇八 地
三〇一 熊本 天草河浦町 二〇一三 地
三〇二 長崎 平戸市 一九九三 地
三〇三 秋田 象潟町 一九九九 地
三〇四 島根 隠岐諸島 一九七九 地
三〇五 島根 隠岐諸島 一九七九 地
三〇六 米国 NY近代美術館 二〇〇〇 地
三〇七 神奈川 津久井町 二〇〇八 地
三〇八 宮崎 西都市 二〇一〇 地
三〇九 東京 一糸座公演 二〇一三 地
三一〇 長崎 壱岐島 一九七九 地
三一一 神奈川 川崎市 二〇二〇 地
三一二 宮崎 日向市 二〇一三 寸
三一三 東京 上野不忍池 二〇〇二 地
三一四 東京 国立科学博物館 二〇一一 地
三一五 宮城 気仙沼市 一九七五 地
三一六 東京 神山貞次郎写真集出版記念会 二〇一四 地
三一七 東京 一糸座公演「マダム・エドワルダ」 二〇一三 地
三一八 東京 港区 一九七一 寸
三一九 愛知 熱田神宮 二〇〇〇 地
三二〇 東京 上野公園 二〇〇九
三二一 東京 文京区 一九七八 寸
三二二 東京 文京区 二〇一五 地
三二三 東京 文京区 一九九四 地
三二四 北海道 室蘭市 一九七一 地

【著者紹介】

荒川健一　あらかわ・けんいち
1948年　神奈川県横浜市生まれ。
1970―80年代、自主運営ギャラリー「コネクト・イン」や、
　同人誌「写真試論」出版などの活動に参加。
1989年　撮影・編集プロダクション㈱リーワードを設立。
2008年より読売日本TV文化センター大森講師。
ken_arakawa_photo@yahoo.co.jp
◉写真集
2011年　作品集「腥態」（現代書館）
2018年　写文集「すいじんのえのき」（彩流社）
2021年「句景」（共著、彩流社）
◉写真展
1999年「ミンガラバ」～ミャンマー・タンボウ村の人々～
（ミノルタフォトスペース新宿）
2011年「腥態」（ヴァリエテ本六）

津髙里永子　つたか・りえこ
1956年　兵庫県西宮市生まれ。
「未来図」を経て「小熊座」同人、「すめらき」「墨BOKU」代表。
鍵和田秞子、佐藤鬼房、高野ムツオに師事。
俳人協会幹事、現代俳句協会幹事、日本文藝家協会会員。
都留文科大学非常勤講師（ピアノ）。
lakune21blue.green@gmail.com
◉著書
2007年　句集『地球の日』（角川書店）
2008年『鑑賞 女性俳句の世界』（共著、角川学芸出版）
2016年『俳句の気持』（深夜叢書社）
2022年　句集『寸法直し』（東京四季出版）等。

句解（くどき）

2022年12月12日　印刷
2022年12月12日　発行

著者――荒川健一・津高里永子

発行――現代俳句協会
〒101-0021
東京都千代田区外神田6-5-4　偕楽ビル7階
［電話］03-3839-8190
［ファックス］03-3839-8191
［e-mail］gendaihaiku@bc.wakwak.com

発売――株式会社　彩流社
〒101-0051
東京都千代田区神田神保町3-10　大行ビル6階
［電話］03-3234-5931
［ファックス］03-3234-5932
［URL］http://www.sairyusha.co.jp
［e-mail］sairyusha@sairyusha.co.jp

編集制作――中山デザイン事務所

装丁・組版――中山銀士（協力＝金子暁仁）

印刷・製本――モリモト印刷株式会社

Printed in Japan, 2022, ISBN978-4-7791-2873-8 C0092